Noctámbulo,

Cuentos de la noche

Danilo Ramos

Danilo Ramos

Noctámbulo, cuentos de la noche

3

Escrutando hondo en aquella negrura permanecí largo rato, atónito, temeroso, dudando, soñando sueños que ningún mortal se haya atrevido jamás a soñar.

El cuervo, Edgar Allan Poe (1809-1849)

Danilo Ramos

Noctámbulo, cuentos de la noche

En el parque de Bayonne

Hace algunos años estuve en New Jersey, E.U. Un viejo amigo me invitó a pasar unos días en un lugar llamado Bayonne. Recuerdo que llegué en invierno, cuando la nieve comenzaba a caer...

Mi amigo se iba todos los días a su trabajo, y me dejaba solo en un apartamento tan triste como el invierno. Aburrido y sin nada que hacer decidí, para desentumecer el cuerpo, salir a caminar todas las tardes por unas melancólicas calles adornadas con árboles sin hojas. En una de esas caminatas descubrí un bonito parque a orillas del río Hudson. Me gustaba sentarme en una banca que me ofrecía la cara gris del río que parecía metal fundido. El frío y la nieve hacían que la soledad del lugar fuera absoluta.

Una extraña tarde, cuando la nieve no caía y un cielo diáfano me ofrecía uno de los mejores atardeceres de mi vida, conocí a una persona que aún no he podido borrar de mi mente.

Como días atrás, me senté en la banca de siempre y escuché al viento jugar a su antojo en el parque cubierto por un manto blanco. De pronto, a lo lejos percibí una silueta que se acercaba hasta donde yo me encontraba. Al principio imaginé que era una broma de las sombras, pero después me di cuenta que era la silueta de una mujer. Venía vestida toda de negro, y cuando se acercó al lugar donde yo estaba, me pareció extraño no oír sus pisadas en la nieve.

Creí que iba a pasar de largo, pero se detuvo, y se sentó en una banca que estaba junto a la mía. Era alta y delgada, aunque de graciosa figura. Y su blanca piel hacía un marcado contraste con su cabellera de ébano y sus oscuras prendas. Me miró sin verme, y después se quedó absorta mirando las tristes aguas del río. En ese momento, vi la mirada más hermosa que hayan visto mis ojos. Encerrados en un marco de pestañas negras encontré unos ojos verdes color hierba. No pude contener el deseo de hablarle y la saludé en inglés. Grata fue mi sorpresa cuando ella me contestó en mi idioma. Su dulce voz, me hizo recordar la historia del canto de las sirenas que hipnotizaban a los marinos que acompañaban a Ulises, el héroe griego. Porque cada palabra que salió de su boca, fue como una nota musical que me hizo olvidarme de mí mismo. Y aun su silencio parecía una rosa embrujada para mis oídos. Me comentó que venía todos los inviernos del otro lado del océano, a visitar las tierras de Norteamérica. Porque hacía mucho tiempo, un amor, su único amor, se había ahogado en las aguas del río que teníamos enfrente. Desde entonces venía cada invierno a recordar y a honrar a su difunto amante que murió en un invierno pasado. Esa tarde hablamos de todo; del tiempo, de la vida y de nosotros. Y en cada tema que tratábamos se ponía de manifiesto la profunda erudición de aquella mujer.

Y antes de que el sol tocara el horizonte, me dijo que tenía que partir. Le pregunté si volveríamos a vernos, pero ella no movió sus labios. Se puso de pie y comenzó a caminar por donde había venido. Y aunque habíamos hablado de todo, un detalle importante se me había escapado, su nombre. "Dime tu nombre", le dije. Sin volver su rostro me contestó: "María Castillo". Después se perdió en la distancia.

Noctámbulo, cuentos de la noche

El sol se había ocultado desde hacía ratos y yo todavía seguía sentado en la banca. No podía dejar de pensar en esa mujer. Oscuro estaba cuando me levanté y me fui al apartamento de mi amigo. Mientras caminaba iba pensando cómo hacer para verla de nuevo. Decidí que al día siguiente llegaría al parque a la misma hora.

Llegó el nuevo día y yo también llegué al parque en el mismo momento que en los días pasados. La nieve caía y el paisaje se veía más triste que en otras ocasiones. Me senté, y me quedé observando cómo la nieve que venía de las nubes desaparecía en la superficie del río. Una voz me sacó de mi letargo. Era ella. Estaba a mi lado con su oscura ropa y su hermosa imagen. Le pregunté si deseaba ir a pasear por las calles de New York. Ella me contestó que no, que estábamos bien en ese lugar. También quise saber en qué lugar de

Bayonne residía. Pero ella me dijo que eso no importaba. "Lo único importante es este momento", me dijo.

Desde aquel día, todas las tardes de aquel invierno, María Castillo y yo, nos vimos en el parque de Bayonne. Entre nosotros nunca hubo un beso ni un roce de manos. Sólo su palabra y la mía. Su rostro y mis ojos, separados por el espacio físico, más no por aquello que es intangible. Ella nunca me preguntó si la amaba, ni yo lo hice. No era necesario. El amor nunca pide explicaciones, porque es algo en lo que no se puede pensar. No es palabras, está mucho más allá del pensamiento.

Un cambio en el clima indicó que el invierno pronto llegaría a su fin. Era la señal de que ambos teníamos que partir. Le dije que la acompañaría en su viaje. Pero ella me dijo que al lugar donde ella iba, yo no podía ir. Con voz firme le dije: "No importa el lugar al que te dirijas, yo te seguiré". Después de esas palabras, ella guardó silencio. Pasados unos minutos rompió su silencio y me dijo: "El sol ha cambiado su rumbo. Mañana será el último día que permaneceré en este lugar. Ven mañana y yo te daré una respuesta".

Esa noche no dormí. Me atormentaba la idea de no verla otra vez. Con ansiedad indescriptible conté los minutos y las horas que traerían el nuevo día. Y el tiempo que no se detiene me entregó una nueva tarde. Con prisa y ansiedad llegué al parque de Bayonne. Soplaba el viento y el sol era radiante. Miré a mí alrededor y no vi a María Castillo. Consulté mi reloj y era la hora en que siempre nos veíamos. Mi corazón comenzó a desesperarse. Caminé hacia la orilla del río. En la banca encontré una rosa negra con un listón blanco. Con dolor me di cuenta de que no volvería a verla.

No sé cuanto tiempo me quedé mirando la rosa que se desintegraba poco a poco con el viento. Una mano sobre mi hombro interrumpió mis pensamientos. Giré mi cuerpo y encontré a un anciano de ojos claros y de gran estatura. Con voz grave me preguntó: "¿Tú también la has visto?". No le respondí porque me encontraba confundido. Pero después de un breve silencio me dijo lo siguiente: "Hace mucho tiempo, cuando era joven como tú, de Francia emigré a estas tierras. Me hice marinero y en mi tiempo libre visitaba con frecuencia los bares de Bayonne.

Una tarde de invierno compré una botella de whisky para el camino. Por casualidad encontré este parque y me quedé un rato para beber a solas. Ese día, en este lugar, conocí a una mujer llamada María Castillo. A partir de ese día nos dábamos cita todas las tardes en esta misma banca. Sus hermosos ojos verdes y su ropa oscura es lo que más recuerdo de ella. Me enamoré profundamente, y cuando el invierno casi llegaba a su fin, me dijo que tenía que partir. Yo le dije que iría con ella a su país de origen, pero a la tarde siguiente no se presentó. Y al igual que tú, ese día sólo encontré una rosa negra en esta banca.

Lleno de dudas comencé a buscar a la extraña mujer. Sin embargo, nadie me dio referencia de ella. Un día encontré a un anciano que me narró la historia que yo te cuento ahora. También me dijo que según una leyenda, la mujer que hemos visto es un espíritu atormentado, que en vida nunca pudo superar la muerte de su amante en este río. Después con voz ronca me habló de extrañas desapariciones de viajeros solitarios; y que sólo a los que la extraña mujer llegaba a amar podían contar esta historia. Nosotros que la amamos estamos condenados a vivir con su recuerdo". Dicho esto desapareció de mi vista.

Al invierno siguiente llegué nuevamente a Bayonne, pero no encontré a María Castillo. Yo sigo sin creer la historia que me contó el anciano. Pienso que María Castillo vive en algún lugar de Europa, y un día iré a buscarla.

Danilo Ramos

Noctámbulo, cuentos de la noche

La reconstrucción

*Sólo los locos pueden amar y odiar
verdaderamente*

Paola Olmedo trabajaba en el Instituto Medicina Nacional. Se dedicaba desde hacía años, a la reconstrucción facial forense. Por su dedicación y entrega al trabajo, había hecho de éste, un arte.

Tenía cuarenta años; todavía era hermosa y vivía sola en un apartamento. Años atrás se había enamorado; pero su prometido la dejó burlada en la iglesia el día de la boda. Desde entonces se había refugiado en las actividades laborales y en la soledad de su hogar.

Una mañana le llevaron un esqueleto completo para que ella estableciera la identidad y la causa de la muerte. Como siempre, se dedicó con ahínco y paciencia a realizar su labor. Por el tamaño y la forma del cráneo dedujo que se trataba de un hombre. El desgaste de los dientes indicó que éste tenía treinta años cuando falleció. Y como era un esqueleto completo, lo sentó en una silla y estudió con detenimiento la escultura del rostro. Identificó los puntos claves de la cara para determinar la cantidad de plastilina que simularía la piel. Después comenzó a rellenar el horrible cráneo.

Las horas comenzaron a correr; los días se deslizaron a través del tiempo. En esta reconstrucción facial, que tenía como propósito la identificación del fallecido, Paola Olmedo se había esmerado más que en los trabajos anteriores. Una obsesión febril se apoderó de su pensamiento. De día y de noche sólo pensaba en terminar su trabajo.

Poco a poco, el rostro fue tomando forma. Agregó peluca y pestañas. No dejó que se le escapara ningún detalle. Ni una curva de los labios, ni una arruga correspondiente a la edad. Todo lo trabajó con maestría. Pero ella sentía que algo hacía falta. Y aunque sólo se trataba de reconocer el rostro del difunto, a Paola se le ocurrió rellenar el resto del esqueleto. Y como último capricho lo vistió y lo calzó.

Su trabajo estaba completo. Nada se le había escapado. Una extraña emoción se albergó en su pecho. Se sintió extasiada por haber hecho algo tan perfecto. Pensó que era el rostro más guapo que había visto hasta entonces. Por un momento quiso tener el poder para darle vida.

Al día siguiente, llegaron unas personas para saber si el rostro reconstruido era el de un familiar... Se fueron decepcionados, porque no era la persona que ellos esperaban. Sin embargo, al salir comentaron en voz baja y con asombro, la perfección que había en la reconstrucción facial de la calavera. Con el tiempo, el asunto quedó en el olvido. Sólo en la mente de Paola seguía vigente. Constantemente pensaba en su creación; hasta que un día decidió llevárselo a su apartamento.

Como nadie la visitaba, lo colocó en un sillón de la sala y pensó que ya no estaría tan sola. Que desde ese día sus noches serían diferentes. De pronto, se le ocurrió que sería bueno cambiarlo de ropa constantemente. Sin perder tiempo se fue a un almacén y compró ropa para caballero. Y por último, para que la noche estuviera completa, le puso un nombre. Algunos aseguran que lo bautizó con el nombre de su antiguo amante.

Todos los días, antes de ir al trabajo, Paola cambiaba de ropa a su acompañante. También desayunaban juntos. Y un día, sin pensarlo, comenzó a despedirse de su pareja. Un beso, una caricia y un adiós se convirtieron en rutina.

Después, con el tiempo, dejó de trabajar hasta tarde. Se iba temprano a casa para cenar y ver televisión con su novio. Muchos notaron el cambio de Paola, y se preguntaban por qué aquella mujer, otrora seria y triste, se había convertido en alguien feliz y radiante. Ella no decía nada, era un secreto que llevaba en su corazón.

Como la planta que crece en tierra fértil, así crecía el amor de Paola hacia su amante. Y una noche... su cama le pareció demasiada grande, casi infinita. Se sintió extraña, pero ya no podía parar. Fue a la sala y llevó a su pareja a la cama. Un poco de música y llegó el amanecer.

Cuando Paola Olmedo cumplió años, cuatro décadas y una vuelta al sol, pensó en festejar, no con sus amigos, sino con su nuevo amor en el apartamento que sabía el secreto. Velas, copas, música y ausencia de luz, fue el panorama de aquella noche. Paola bebía y hablaba con su amor de mentira. Después, ya borracha, comenzó a bailar y a reír sin detenerse.

A la mañana siguiente no fue al trabajo. Decidió quedarse en casa y disfrutar la presencia de su pareja. ¿Quién sabe explicar con palabras, el momento exacto cuando la mente cruza la frontera del pensamiento razonable y se interna en la región donde el amor y la obsesión lo gobiernan todo? La poca cordura que le quedaba, si es que a eso se le puede llamar cordura, salió y escapó de su boca en forma de risa.

Le habló por teléfono a su jefe y reclamó sus vacaciones pendientes. Había decidido tomar un descanso después de tantos años de trabajo ininterrumpido. Deseaba pasar más noches como la de su cumpleaños.

Noctámbulo, cuentos de la noche

Quería vivir de golpe, la felicidad que estuvo ausente desde aquel día que su novio la burló y le dejó como única compañía la soledad.

Desde entonces nadie supo de ella. Algunas personas que vivían cerca, sólo recuerdan que oían un extraño monólogo durante el día, y de noche, la música y la ausencia de luz, era algo de siempre. Otros aseguran haber visto, a través de las ventanas, la silueta de una pareja que se movía al compás de una melodía romántica.

Al final, todos se dieron cuenta de la locura de Paola; pero como a nadie molestaba, decidieron dejarla en paz. Pero una tarde, cuando el tiempo ya había devorado la piel de la que un día fue normal, algo extraño sucedió. Dicen que salió corriendo de su casa para no volver jamás. Los curiosos que llegaron a la casa de los amantes, para ver qué sucedía, dicen que encontraron al novio de Paola con un puñal en el corazón. Según estos charlatanes, Paola no pudo soportar que su amante nunca envejeciera, y que a ella el tiempo le consumiera la piel.

Hoy se le puede ver por las calles, sucia y cubierta de harapos; y de su boca se escapan, a intervalos, horribles maldiciones contra el tiempo.

Noctámbulo, cuentos de la noche

Danilo Ramos

Noctámbulo, cuentos de la noche

El encierro

Como lluvia inesperada me llegó la ruina económica. Sin dinero y sin hogar pensé en buscar la ayuda de algún amigo; pero, ¿hay amigos en la adversidad? Aparte de una tía por parte de mi madre, ningún familiar vivo me quedaba sobre la tierra. Entre la primera y la segunda opción elegí la segunda: mi tía.

De ella no tenía un recuerdo definido. Sólo la había visto una vez, cuando visitó a mis padres hace mucho tiempo y yo todavía era un niño. Después jamás supe de ella. Pero buscando entre papeles viejos encontré su dirección, y me dediqué, durante varios días, a buscar su casa.

Una ancha calle, adornada con árboles marchitos que parecían guardianes de una época pasada, me llevó a su residencia. Era ésta grande, antigua y con forma de rectángulo. En la parte de enfrente, dos inmensas ventanas me miraron con sus ojos tristes. Un pequeño negocio se ubicaba en este lugar. En medio había una puerta, la única para entrar y salir.

Me asomé por una ventana y no vi a nadie. Toqué la puerta y esperé. Sin embargo, no recibí respuesta. Pensé en retirarme, pero algo me detuvo: no tenía adonde ir y eso me obligaba a quedarme. Mejor hubiera sido que me marchara para siempre y no regresar por allí, pero me quedé y viví lo que ahora escribo en estas frías paredes.

Pasados unos minutos, la puerta se abrió suavemente. Con brusquedad, la imagen de mi tía cayó sobre mis ojos. Alta y delgada, con su cabello de ébano hasta la cintura. Su rostro enflaquecido daba la impresión de que estaba enferma. Una palidez extrema en su piel contribuía a esa deducción. Su manera de ver era tan penetrante que me hizo bajar la mirada.

Sin embargo, para mi sorpresa, ella me reconoció inmediatamente, y con una amabilidad exagerada me invitó a pasar adelante. De pronto, con mucha seriedad, me preguntó cuál era el motivo de mi visita. Titubeando, le dije que simplemente el deseo de visitarla. Aunque, mi verdadera intención era quedarme un tiempo, mientras estabilizaba mis asuntos económicos, y después ubicarme en otro lugar. Por suerte no hizo más preguntas, sólo me dijo que esperaba mi visita desde hacía tiempo.

La huesuda mano de mi tía apretó mi hombro y me llevó dentro de la casa. La primera estancia, como ya dije, estaba destinada a una tienda. Una segunda puerta nos abrió paso a una inmensa sala.

Allí casi no había claridad, porque unas gruesas cortinas negras colgaban de las ventanas ubicadas casi a la altura del techo. La decoración, los muebles y el piso, eran tan antiguas que por un momento me creí en otra época. Los sillones parecían grandes escarabajos raquíticos, y su imagen estremecía mi alma. Los extraños seres que habitaban los cuadros que adornaban las paredes, parecían vigilar nuestros pasos. Unas viejas, pero decoradas lámparas, salían del techo alto e inalcanzable. La atmósfera era pesada y añeja. Y mientras seguía a mi tía por esta habitación de ensueño, noté que ella prácticamente arrastraba los pies. Daba la impresión de estar tan cansada como sus viejos muebles. Una tercera puerta y un pasillo nos llevó a los dormitorios. Eran cuatro, dos a cada lado. Parecía esa sección de la casa, la cueva de un animal inimaginable. Por más que busqué no encontré entradas de luz. El pasillo tenía un techo sellado que no dejaba pasar la claridad del día. Sólo unas velas en las paredes alumbraban con dificultad. En los cuartos observé la ausencia de puertas, y con aflicción me di cuenta, que las habitaciones estaban selladas. No habían ventanas para ver el exterior. Con un gesto, ella me mostró mi habitación; después desapareció como un fantasma al amanecer. Encendí una vela que estaba en la mesa de noche y me recosté en una soberbia cama parecida a un pequeño y sombrío lago. Quería aclarar mis pensamientos para decidir si debía quedarme o partir.

Entonces, recordé lo que una vez me contaron mis padres. Me dijeron, a manera de cuento, que mi tía se parecía a un antepasado de la familia que estuvo ligado a poderes malignos; y que ella había heredado muchas características físicas y síquicas de ese familiar que desapareció de manera extraña en un tiempo pretérito.

Largo rato medité en esta historia; pero después concluí, que mi subconsciente estaba relacionando el pasado con el presente. Pensé que lo más razonable, era que todo lo extraño de aquel lugar, se debía a la edad y la soledad de mi tía. Satisfecho con ese razonamiento, creí conveniente quedarme unos días mientras conseguía dinero. Por comida y techo no tenía que preocuparme, ella me dijo que podía quedarme el tiempo que yo quisiera.

A partir de esa noche comencé a ver cosas que escapaban de mi comprensión. La primera cena fue a la luz de las velas; sólo donde se ubicaba la tienda había luz eléctrica. El resto de la casa se alumbraba con candelas; no por falta de energía, sino por gusto y capricho de mi tía, que amaba más la oscuridad que la luz.

Realmente, nunca supe si ella dormía; de día y de noche oía como arrastraba los pies. Me iba a la cama y escuchaba su monótono caminar por toda la casa. Me despertaba a cualquier hora y el primer sonido que llegaba a mis oídos era el de sus cansados pasos. Con los días descubrí otra cosa: mi tía no se bañaba; nunca vi que lo hiciera. Sin embargo, no parecía sucia; sólo despedía olor a un perfume antiguo; tan antiguo, que mi alma se perdía en el vértigo de vidas pasadas. Observé también, con angustia en mi corazón, que a cierta hora del día se dedicaba a escribir unos signos que estaban fuera de mi comprensión. Llenaba muchas páginas de una blancura increíble, y todas se parecían en lo que llevaba escrito. Supongo que eran plegarias, o la repetición de algún mensaje, pero sólo ella sabía el significado de esas palabras. Yo nunca lo supe, ni nunca lo sabré.

Noctámbulo, cuentos de la noche

Inexorables pasaron los días; y con ellos se mezcló en mi conciencia, la angustia, el asombro y el temor. Una vez, un hombre que siempre llegaba a la tienda, me comentó, en voz baja, que mi tía tenía exactamente cinco años de no salir de la casa. Al principio creí que era una broma, pero al interrogar a otras personas, también me dijeron lo mismo. ¡Era por eso la palidez de su piel!

Una noche, mientras cenábamos, le pregunté a mi tía el porqué de su encierro. Con la mirada clavada en la mesa, me contó que todo se debía a un maleficio, que una enemiga le había hecho hacía mucho tiempo. Me dijo que estaba condenada a vivir encerrada y que ni muerta abandonaría la casa. Porque el conjuro, la había maldecido a ella y a sus posesiones. Después habló sobre sus intentos para repeler el encierro, de sus visitas a brujas y lugares santos para revocar la maldición; pero que todos sus esfuerzos habían sido en vano. Yo le dije que esas cosas eran puras supersticiones, que todos los fenómenos tienen explicaciones razonables. Se cubrió la cara con las manos y con voz entrecortada me aseguró que todo lo que me había dicho era verdadero; y que más adelante yo lo comprobaría. Entonces le recomendé, con mucha seriedad, buscar la ayuda de un psicólogo. Sin acatar mi sugerencia, se encerró en sus temores y jamás volvió a hablar del asunto.

El invisible tiempo corría y una extraña aflicción se apoderó de mi alma. Me di cuenta de que si no me apresuraba a salir de ese lugar, terminaría acostumbrándome y me empaparía de su tristeza. Y no me equivocaba, el decaimiento encadenó mi cuerpo, la depresión se alojó en mi cerebro y me quitó la poca voluntad que me quedaba para salir de la casa. Desde entonces, el insomnio llegó todas las noches y su manto transparente cubría mis ojos. Lograba dormirme casi al amanecer y me despertaba después del mediodía.

A partir de ese momento, ya no supe diferenciar si lo que veía y oía lo había soñado o lo había vivido despierto.

A pesar de mi vigilia nunca abandonaba mi habitación. Mucho menos me atrevía a visitar el cuarto de mi pariente que quedaba junto al mío. Pero una noche, me atacó un terrible dolor de cabeza. Al no oír sus pasos supuse que estaba en su habitación. Me deslicé por el sombrío pasillo y me asomé a su cuarto. Pregunté si podía pasar pero nadie respondió mi llamado. Ella no estaba en el cuarto. En el suelo, junto a la cama, encontré un sinnúmero de velas encendidas color negro. Las paredes grises sin pintura y unos muebles más antiguos que los de la sala, hacían la estancia deprimente en extremo. Era tan pesada la atmósfera que me costaba respirar.

Un ruido que salía del piso erizó mis cabellos. Tomé una de las velas que estaban en el suelo y busqué el origen del extraño sonido. Me arrodillé y al revisar debajo de la cama encontré la respuesta. En unas pequeñas jaulas, creo que eran cuatro, había cucarachas encerradas. Las trampas permitían el ingreso de los bichos, pero les impedían salir. Lleno de asco me retiré de aquella habitación de pesadilla. Revisé los otros cuartos pero no encontré a mi pariente. Las candelas en las paredes del pasillo parecían ojos llameantes que observaban mi angustia. A cada paso mi corazón latía con más fuerza.

Entré a la sala y no vi nada. Sin embargo, una débil claridad salía de la cocina. Era la luz de una vela. Llegué a la cocina y el corazón me dio un brinco al ver a mi tía parada como estatua con sus desordenados cabellos que caían sobre un camisón blanco. Parecía tan irreal que por un momento creí que era un fantasma. Pero hubo algo que me heló la sangre y petrificó mi cuerpo. Mi tía tenía algo en las manos, creo que era pan; de éste arrancaba pedacitos y los dejaba caer a unas enormes ratas que comían con la avidez de un perro. Las ratas, al verme, huyeron despavoridas. Mi tía, con una mirada descompuesta, me miró de tal manera que me hizo correr hasta mi habitación.

Yo sabía que era inútil buscar una respuesta en los labios de mi tía. Todo lo que ahí pasaba estaba fuera de mi comprensión. Sólo me quedaba esperar alguna oportunidad en la que mi voluntad me sacara de la casa. También tenía que observar todo lo que allí ocurría, para lograr, posteriormente una explicación razonable.

No obstante, sin darme cuenta, yo también había caído en el encierro voluntario. Desde que llegué a la casa no había salido a ninguna parte. No sé por qué se me había metido en la cabeza un temor absurdo a salir a la calle. Me dedicaba, para matar el tiempo, a leer unos raros libros que encontré en la sala. Y para aliviar mi nerviosismo, me mantenía bajo los efectos del alcohol.

Pero un día cayo enferma, muy enferma. Nunca supe lo que tenía. Tampoco llamé a un doctor. Ella no quiso que lo hiciera. Decía que su hora había llegado, y que nadie podía evitarlo. Una debilidad extrema se apoderó de su cuerpo y la postró en la cama. Por las noches gritaba de manera espantosa. Dudo que fuera a causa de algún dolor, creo que algo miraba en las tinieblas. En las madrugadas oía su monólogo; ignoro con quién imaginaba que hablaba, pero de su boca salían palabras tan oscuras que sería imposible repetirlas. Poco a poco se fue consumiendo, aunque de manera tan lenta que todas las mañanas entraba a su cuarto con el deseo de encontrarla muerta.

Muchas veces pensé en abandonarla. Nada me costaba hacerlo. Sin embargo, me faltó valor para dejarla en esa situación. Además, por el estado de mi tía, yo me había hecho cargo del negocio. Tenía planeado reunir una considerable suma de dinero para después marcharme de la casa.

Y una noche, la última noche de mi tía, me llamó a su habitación. Sus ojos vidriosos y su cuerpo, que prácticamente era un esqueleto viviente, hicieron que desviara mis ojos de su imagen. Me entregó un papel y me dio las gracias por haberle hecho compañía. El papel era el testamento; en él me decía que después de su muerte, todo lo que había sido de ella, sería mío. Además, expresaba su último deseo: quería que la enterrara debajo de su cama. Fue un alivio para mí leer lo anterior; sabía, y con alegría que mi liberación se acercaba.

Creo que murió antes del amanecer. Con terror observé su cuerpo sin vida. Mi mano temblorosa cerró sus ojos que habían quedado abiertos. Moví la cama y fui a buscar algunas herramientas para abrir el hoyo. Ante el cadáver de mi tía cavé la tumba durante todo ese día. Al llegar la noche, el trabajo estaba terminado. La enterré y coloqué la cama nuevamente en su lugar. Algo inexplicable sucedió cuando apagué las candelas que siempre estaban encendidas. Un fuerte temblor sacudió la casa, y un viento que salió no sé de dónde apagó las velas del pasillo. Aterrorizado, corrí para alcanzar la puerta de que daba a la sala. La oscuridad absoluta me hacía tropezar a cada paso. Cuando avancé una distancia considerable, me di cuenta que la puerta que buscaba había desaparecido. Por más que caminaba no encontraba la salida. Entonces decidí regresar al cuarto de mi tía, pero también éste ya no estaba. Los cuartos habían desaparecido.

Ignoro cuanto tiempo llevo caminando en ambas direcciones del pasillo. Nunca encuentro el final de ambos lados. Creo que he quedado atrapado en el infinito. Gradualmente mis ojos se han acostumbrado a la oscuridad. Esto me ha permitido escribir esta historia en las paredes. Tal vez alguien la encuentre algún día. Mientras tanto, me alimento de insectos y roedores que encuentro en mi camino sin fin.

Últimamente me he sentido débil y enfermo. Sé que es la señal de que pronto

Noctámbulo, cuentos de la noche

dejaré de existir. Y lo más doloroso de todo, es que nunca sabré lo que pasó. De lo único que estoy seguro, es que cuando enterré a mi tía, yo me enterraba con ella.

41

□

Danilo Ramos

Noctámbulo, cuentos de la noche

Noche eterna

Una extraña vibración hizo que me diera cuenta del sitio donde me encontraba: en una acera a unas cuadras de mi casa. No sé cómo llegué a ese lugar. Lo único que recuerdo es que estuve bebiendo con unos amigos. Probablemente me pasé de copas, me caí y perdí el conocimiento.

Largo rato medité tratando de encontrar algún recuerdo que pudiera proporcionarme la explicación de lo sucedido. Pero no encontré ningún indicio en mi confuso pensamiento. Miré a mí alrededor y no vi a nadie. Por el aspecto de las calles solitarias y la posición de las estrellas, deduje que era más de media noche. Pensé que no debía seguir ahí y comencé a caminar con dirección a casa. Mientras caminaba contemplé la noche: era hermosa. El cielo totalmente diáfano daba la impresión de estar más cerca de la tierra. Un fuerte viento hacía danzar a los árboles, que parecían figuras espectrales. El silencio reinaba por todas partes. Por un momento tuve la sensación de que en esa soledad, yo era el único en el mundo.

Cuando llegué a casa, no sabía si tocar la puerta o esperar a que amaneciera, ya que no deseaba molestar a nadie a esa hora de la madrugada. Me senté en la acera dispuesto a esperar. De pronto, no sé de donde, salió un perro completamente negro. Por la hora y el color del animal, me dio un poco de temor. El perro, al verme, comenzó a ladrar. Esto provocó que los otros perros que andaban cerca, se unieran al bullicio. Parecían reclamarme que la noche les pertenecía únicamente a ellos.

Al poco rato se marcharon y quedé solo. Me consumía una rara melancolía y quise hablar con alguien. Decidí ir en busca de algún amigo. Recordé a los que viven a unas cuadras de la casa, atrás de la iglesia del pueblo. Yo sabía que podía contar con ellos a cualquier hora. Sin perder tiempo me puse en marcha.

A mitad del camino observé tres sombras que venían a mi encuentro. Eran unos policías que realizaban la guardia nocturna. Yo caminaba por el lado derecho de la calle; ellos, por el izquierdo. Creí que iban a detenerme, pero pasaron de largo y no me dijeron nada. Olvidé el asunto y seguí mi camino. En el reloj, que se encuentra en la torre de la capilla, las agujas marcaban las dos de la madrugada.

Cuando llegué a la casa de uno de mis amigos comencé a silbar, pero nadie contestó mi llamado. Silbé con más fuerza, pero en vano. Mi amigo no estaba en casa.

Noctámbulo, cuentos de la noche

Yo sabía que al primer silbido, él hubiera salido inmediatamente.

La soledad de la noche comenzó a desesperarme y la angustia se apoderó de mi ánimo. Concluí que ya comenzaba a desvariar. Me consolé con la idea de que todo era producto de la resaca. Un trago era lo único que podía tranquilizarme. Recordé al viejo que vivía al lado del cementerio, el sepulturero para ser más exacto. El anciano siempre mantenía una abundante provisión de licor, pues vivía en un eterno estado de ebriedad. Ya en otras ocasiones había acudido a él para platicar y tomar unas copas. Sentí alivio imaginar que iba a esperar el amanecer en compañía del viejo y su buena conversación.

A mis espaldas quedó la iglesia. Tomé la oscura calle que conduce al cementerio. No quería pasar por ahí, pero ya estaba aburrido de caminar de un lugar a otro.

Noctámbulo, cuentos de la noche

Por un momento tuve la intención de correr hasta llegar a la casa del viejo, pero me pareció una tontería. En noches más lúgubres había caminado por ese lugar. Para algunos amigos, y también para mí, era tradición beber hasta el amanecer en el cementerio del pueblo.

Cuando di los primeros pasos dentro del panteón, observé una luz que salía de entre las tumbas. También escuché voces que venían de esa dirección. "¿Qué podía ser aquello?", me pregunté. No cabía duda de que una triste orgía se llevaba a cabo dentro del cementerio. Me armé de valor y decidí acercarme con cuidado para echar un vistazo.

Cinco hombres se encontraban sentados alrededor de una cripta, que por lo visto había sido estrenada ese mismo día. Cuando estuve más cerca distinguí, con mucha alegría, que aquellos hombres misteriosos eran mis queridos amigos. El viejo estaba con ellos. Bebían y hablaban en voz baja; y al verlos tan distraídos, decidí pegarles el susto de su vida. Cuando algo de lo que decían me llamó la atención. Según lo que hablaban, yo estaba equivocado con respecto al tiempo; dos días habían pasado desde que los vi por última vez. Y se encontraban allí, porque querían dar el último adiós al amigo que estaba bajo tierra. Sólo entonces pude comprender lo sucedido: por más que gritara, por más que mencionara sus nombres, mis amigos jamás podrían oírme. La noche eterna se hacía presente. Porque era mi nombre, escrito con tinta negra, el que estaba grabado sobre la blanca lápida.

Noctámbulo, cuentos de la noche

Danilo Ramos

Noctámbulo, cuentos de la noche

El poeta y la guitarra

Un día llegó al pueblo el poeta. Alto y elegante como un fantasma al atardecer. Tenía en sus ojos negros, un extraño sentimiento parecido al frío susurro de la muerte a la medianoche. En su mano derecha una maleta; dentro de esta: escritos raros, antiguos, y una botella de whisky. En su mano izquierda, un pájaro invisible de extraña belleza. Descansando sobre su espalda, una negra guitarra con aire de dragón.

Venía de vivir la vida, de recorrer sus caminos, de conocer sus misterios. Sabía mucho, casi todo, de aquello a lo que los mortales llaman amor. También conocía el secreto que se esconde detrás de cada adiós, y la continuidad de esa palabra. El

Noctámbulo, cuentos de la noche

paso del tiempo, ignorado por muchos, le había regalado su contenido. Ya no tenía prisa, porque sabía que la vida es una estación en el universo, y que ésta vuelve, así como su sombra regresó para ver nuevamente el ocaso.

Alquiló una pequeña habitación limpia y blanca, donde se miraba, a través de una gran ventana, el atardecer. Para él, el día era la noche, y la oscuridad la luz. Porque justo a la hora del ocaso abría los ojos, y sus manos reclamaban las cuerdas de la guitarra con voz de dragón; y sus labios buscaban el whisky para aclarar su voz.

Después de diluir su mirada en el atardecer, hermosas canciones salían de su boca, y estremecían el corazón de la gente que las oía. Avanzaba la noche y el poeta seguía incansable entonando las más dulces y variadas melodías, que día a día penetraban y gustaban a las personas de aquel lugar. Así, cuando el sol acariciaba

Noctámbulo, cuentos de la noche

con dulzura el alegre azul del amanecer, el poeta cerraba los ojos hasta el ocaso de cada día.

Cuando el tiempo pasó, los habitantes del pueblo comenzaron a esperar con ansiedad la hora donde el sol muere en el horizonte. Sabían que cuando el astro rey estaba próximo a morir, el poeta iniciaba, con grandiosa inspiración, un variado repertorio de canciones que hacían vibrar el alma de aquellos que lo escuchaban. También algo extraño sucedió con la llegada del hombre de la guitarra con aire de dragón. Justo a la hora del crepúsculo, aparecían y pasaban por el pueblo de altos árboles y pequeñas casas, los más variados pájaros y mariposas de alegres y finos colores.

Todo en aquel lugar se volvió alegría, paz y tranquilidad. Las palabras de mago veraz, entonadas por el poeta, invitaban e inclinaban a la gente hacia las cosasbuenas

Noctámbulo, cuentos de la noche

y maravillosas de la vida. Todos se sentían complacidos con la presencia del hombre que le cantaba a las estrellas, al mar y a la vida. De esta manera pasó el tiempo, y los días se disolvieron en chispas sobre aquella región donde nunca faltaba un cielo diáfano.

Sin embargo, una tarde aparecieron del norte, nubes negras, impetuosas y pesadas que borraron el atardecer de ese día. También, en ese aciago atardecer, hicieron presencia en el pueblo, unos hermosos ojos claros que pasaron frente a la ventana del poeta. Un estremecimiento de hielo crispó las manos de aquel que cantaba con dulce voz... Y sus ojos que casi todo lo habían visto, se congelaron ante la hermosa mirada que pasó frente a él con la prisa de un fantasma. Era un antiguo amor que llegó a buscarlo esa tarde.

Entonces comprendió el poeta, que cuando se dejan rescoldos en el corazón, el pasado vuelve y crece como la mala hierba en los jardines hermosos. Se dio cuenta de que es un error imperdonable, para aquel que ha caminado mucho sobre el camino de sí mismo, volver al país de los recuerdos. Porque cuando se ha traspasado el umbral del pensamiento, y bruscamente a él se regresa, es como morir lenta y dolorosamente.

Fue así como sus canciones se volvieron tristes, cansadas, insidiosas; y hablaban del dolor y de las espinas deformes que hay en el corazón de los hombres.

El efecto fue inmediato, porque sabía el poeta tocar con sus melodías el corazón de la gente que lo escuchaba. Como culebras perversas, se deslizaron las canciones envenenadas por los oídos de los habitantes del pueblo. Al principio les dio tristeza, se llenaron de dudas y preguntas.

Noctámbulo, cuentos de la noche

Después, como aquellos que una vez amaron y terminaron odiando a su amante, así, aquellas personas comenzaron a odiar al hombre que otrora les endulzaba el corazón.

Los días se amontonaron, también el odio y la locura. Hasta que un día fueron en busca del poeta. Era un día gris, sórdido y triste, porque el sol nunca volvió a brillar en esa región. Con rudeza lo apresaron y lo sacaron de su habitación. Querían matarlo en el acto, pero todavía el poeta les inspiraba respeto por los días que los hizo felices. Decidieron entonces, enterrarlo vivo y no manchar sus manos con la sangre de aquél que un día les pareció divino. Lo llevaron a una cueva que había en una apartada colina; lo encaminaron al final de la gruta y lo ataron a una roca; después salieron y sellaron para siempre el agujero.

Noctámbulo, cuentos de la noche

Han pasado años y eras y el pueblo es ahora sólo ruinas. Allí nunca brilla el sol; las nubes y el viento se pasean a su antojo. Y según dicen, los viajeros que pasan por ese lugar, de las entrañas de la colina salen y se escuchan de noche, las más bellas melodías; y en el día acuden a la colina, los pájaros y las mariposas más bellos de la tierra.

Noctámbulo, cuentos de la noche

Podría ser

Dicen que el causante fue un cometa que pasó cerca de la tierra. Sin embargo, los científicos nunca dijeron nada. Aún ahora no se pronuncian al respecto. Otros aseguran que algo le echaron al agua que bebíamos. También están los que juran que fue una nave extraterrestre la que envió extrañas señales a todos los habitantes del planeta. Hasta la fecha nadie sabe qué pasó exactamente. Lo que si es cierto es que a nadie le interesa.

Sólo sé que ese día, como todos los días, de lunes a sábado, me levanté a las seis de la mañana. Me bañé. Desayuné. Me despedí y salí a la calle a esperar el autobús. Lo raro es que nadie había en las calles. Estaban completamente desiertas. Pensé que me había levantado muy temprano. Pero no era posible, pues el sol ya caminaba en el firmamento. Entonces decidí regresar a casa para ver las noticias porque creía que todo se debía a una huelga o algo parecido.

Después de caminar por varias calles vi la hora en mi reloj. Eran las ocho de la mañana y las calles seguían desiertas. No había buses ni gente ni los periódicos circulaban. Cuando llegué mi esposa me dijo que los canales de t.v. y las estaciones de radio no tenían señal. Después hablé por teléfono con algunos amigos que me dijeron que no los molestara porque querían seguir durmiendo. Seguí llamando a toda la gente que conocía y todos me decían lo mismo. Después le hable a mi jefe pero no estaba en su oficina. Me contestó el dueño de la empresa y me dijo que nadie se había presentado a trabajar. Lleno de curiosidad comencé a llamar a los trabajos de mis amigos. Igual, sólo contestaban los dueños.

Sin mayor preocupación me puse a jugar con mi hija, mientras mi esposa preparaba el almuerzo. Afuera en las calles, todo era quietud y silencio. Pero antes de mediodía, se comenzaron a escuchar ruidos en las casas vecinas. Después del almuerzo la gente se reunió afuera de sus hogares. Hablaban de todo, menos de trabajo y política. Y en sus rostros no había preocupación. Al anochecer se convocó a una gran cena, a la cual todos estaban invitados. Las mujeres cocinaban, los hombres bebíamos y los niños jugaban. En eso estábamos cuando alguien llegó a decir que pasaban un mensaje en la radio y la televisión. Eran los políticos con sus rostros serios y arrogantes pidiendo a la gente volver a sus trabajos, de lo contrario amenazaban con despedirlos. A todos nos dio risa y continuamos con la charla y la

Noctámbulo, cuentos de la noche

comida. Después amenazaron con mandar al ejército en busca de nosotros. También nos dio risa. Sabíamos que los soldados habían dejado los uniformes y todos se encontraban con sus familias. El mensaje se repitió durante una semana hasta que se aburrieron.

Con los días nos dimos cuenta que lo mismo pasaba en todas partes del mundo. Los científicos pusieron a trabajar a los robots y por fin decidieron entregar la cura para las enfermedades más terribles.

La gente estaba tranquila. Desapareció la delincuencia (a excepción de casos aislados) y las ideologías opuestas. Al final todos se unieron a nosotros. La gente se turnaba para mantener activa y limpia la ciudad. Sólo los políticos se quedaron gritando locuras. Dicen que murieron de cólera y tristeza detrás de sus escritorios sucios.

Noctámbulo, cuentos de la noche

Danilo Ramos

Recuerdo de una tarde que nunca fue

La ciudad es gris, el cielo también. La ropa de los transeúntes es oscura y triste. Comienza a llover levemente. Camino rápido, con una ansiedad que crece al ritmo de mis pasos. Un hermoso carruaje, color negro, pasa a mi lado. Busco una dirección, que en este momento no recuerdo. Las calles van quedando vacías; el día pronto terminará. Toco una puerta que no se abre. Busco otra y ahí, una voz anciana me dice que ella ya partió. No entiendo su idioma, pero comprendo lo que dice. Comienzo a correr, aunque sé que mi prisa es inútil. A lo lejos se ve el mar, y más lejos, en el horizonte... un barco.

Noctámbulo, cuentos de la noche

Tiempo Indefinido

La tarde estuvo calurosa. El viento se había ausentado y los árboles parecían petrificados como por arte de magia. Yo estaba en la universidad recibiendo la última clase del día. Adelante de mí estaban algunos compañeros... Parecían distraídos y pensativos. De sus labios no había brotado palabra alguna. Me despedí de ellos pero no me dijeron adiós, sólo me miraron fijamente a los ojos. En ese momento, el sol se sumergió bruscamente en el horizonte. Cayó la noche y me dirigí a casa.

El calor continuaba y todas las cosas adquirían una nitidez exagerada. Los autobuses, los peatones, todo a mí alrededor hería mis ojos y le provocaban náuseas a mis sentidos. Ante esos malestares creí que me iba a enfermar por el cambio brusco de clima. Preocupado y con el rostro tenso apresuré el paso.

Ya cerca del lugar donde vivía observé el cielo. Estaba diáfano; las estrellas parecían más grandes y gordas como cargadas de leche. La inmensidad celestial me dio un poco de temor y bajé la mirada. Pocas personas había en las calles, pero sus siluetas llegaban a mis ojos como imágenes de un sueño febril al amanecer. Afligido por el paroxismo de mis sentidos, la idea del descanso nocturno alivió un poco mi preocupación. Quizá pensé, al día siguiente todo vuelve a la normalidad.

Entré a la casa y me fui directamente a mi cuarto. Me quité la ropa y me bañé. Cuando salí del baño, la luz que salía de la lámpara ubicada en el techo, me pareció más vieja, como si hubiera permanecido estancada por años. Consulté la hora en el reloj que está en la pared, pero las agujas se habían detenido a las siete de la mañana cuando salí para el trabajo.

Aunque tenía mucho tiempo de vivir solo, de pronto me sentí infinitamente solitario. Pensé en mis amigos y en mi familia; todos cerca y a la vez tan lejos. Imaginé que mi cuarto era un barco, una nave que se perdía en el horizonte del universo.

Con la mirada recorrí mi cuarto. Estaba ordenado, impecable, como cuando me iba de viaje. Quizá lo ordené y no me di cuenta, me dije. Sin nada que hacer me tiré boca arriba en la cama y miré las estrellas a través de mi ventana. Estaban igual que antes: grandes y gordas.

Llevaba un buen rato viendo las estrellas, cuando me di cuenta de que en todo el tiempo que estuve acostado, ningún recuerdo había acudido a mi mente. Solo estuve allí observando el cielo, como los árboles petrificados que estaban afuera de mi casa.

En la mesa de noche encontré varios libros que aún no había leído. Escogí uno de cuentos y leí con avidez. No se cuanto tiempo pasó, lo único que sé, es que de pronto me encontré leyendo la última página del libro. ¡Era un libro de 1000 páginas! Al darme cuenta de eso, la ansiedad invadió mi mente. Inquieto busqué mi teléfono celular. Quería saber la hora y hablar con un amigo para comentarle lo ocurrido; pero mi temor se hizo realidad: el teléfono no tenía señal ni presentaba la hora.

Me asomé a la ventana y observé las casas de mis vecinos. A simple vista noté algo extraño: todas las casas tenían las luces encendidas. Pero según mis cálculos, con la lectura completa del libro, ya se había hecho de madrugada. Concluí que quizá era más temprano, o que todos se estaban desvelando como yo. Después me quedé observando la calle y el cielo. De pronto, logré captar, al aguzar el oído, un raro zumbido que parecía llegar desde muy lejos: del horizonte o del otro lado de la noche. Al rato dejé de oírlo y comencé a preguntarme qué sucedía. Algo pasaba, pero no sabía qué era exactamente.

De repente me dieron ganas de gritar, de insultar a la noche; pero no pude. Algo me lo impedía, creo que era la certeza de que ningún sonido iba a salir de mi boca. Con los labios apretados me quedé allí, mudo y reprimido, observando las estrellas.

Ahora estoy seguro de que ha pasado mucho, mucho tiempo, desde que dejé a mis amigos en la universidad. No tengo como comprobarlo, pero de eso estoy seguro. En la calle, los árboles siguen quietos; y en las casas las luces continúan encendidas. Las estrellas no siguen su curso, parece que el viento que las mueve

Noctámbulo, cuentos de la noche

también ha desaparecido. Sé que estoy despierto, es poco probable que esté dormido. Si así fuera, ya hubiera abierto los ojos y tendría que ir al trabajo. Pero esto no es un sueño.

He tenido, repetidas veces, la intención de salir a la calle y tocar la puerta de algún vecino; pero me da miedo que al hacerlo nadie conteste mi llamado.

Noctámbulo, cuentos de la noche

Porque censurar o deplorar un solo hecho real es blasfemar contra el universo.

Deutsches Requiem, Jorge Luis Borges.

Danilo Ramos

Noctámbulo, cuentos de la noche

Piedra

Hugo Reyes se despertó, como todos los días, a las seis de la mañana. Abrió sus párpados y después los cerró para ver atrás en el tiempo. Como un gran desfile en una ancha calle, comenzaron a pasar los recuerdos por la pantalla de su mente. Recordó su niñez y un vacío infinito penetró, como pájaro con prisa, su pecho. Buscó el rostro de su madre; sin embargo, sólo descubrió sombras pletóricas e indefinibles. Llegó a su adolescencia y ahí estaba su primer contacto con la droga. Su bachillerato y un alto rendimiento académico no los pasó por alto. Para esta fecha, las drogas y los cuadernos eran cosa de todos los días. Árboles y edificios aparecieron en su mente, eran los inolvidables días de la universidad. Época de bebida, drogas y música rock. De pronto, una hermosa joven pasó corriendo entre los árboles de sus recuerdos. Después cayó la noche en el cielo de su mente, y un vértigo funesto ahogó su alma.

No entendía porque sólo a esa hora, al amanecer, pensaba en su pasado. El resto del día ningún recuerdo acudía a su mente. Sin abrir los ojos, extendió su mano y buscó debajo del colchón de la cama, un tubito metálico de cinco centímetros de largo y delgado como una pajilla, conocido entre los adictos a la piedra como "pipa".

Se levantó y respiró la mañana. Se puso una de las dos camisas que tenía, y en el cuello escondió la "pipa". Siempre la metía allí, por si la policía lo registraba. Salió de su cuarto y fue al patio a lavarse la cara. Vivía al norte de San Salvador, en la casa de su abuela. Con avidez comió un poco de frijoles y tomó café. Después se dirigió con prisa a la calle.

Mientras caminaba, iba pensando adónde podía ir para hacer algún trabajo que le proporcionara dinero para comprar la droga. Tiempo atrás mendigaba en las esquinas; pero cuando vio que el dinero no era suficiente para saciar su sed de droga, decidió vagar por las calles haciendo trabajos diversos, que eran mejor remunerados que las pocas monedas que recibía de los transeúntes.

A veces cortaba la hierba en los jardines de las casas; botaba basura o cortaba árboles demasiado crecidos, entre otras cosas. En ocasiones, cuando no podía hacer nada de lo anterior, y la desesperación de la droga era demasiado intensa, buscaba en los basureros algo de valor para ir a venderlo. Sin rumbo definido caminó al azar, donde su instinto lo llevaba. Tenía una clara misión:

conseguir dinero para comprar droga. Después de caminar por innumerables calles, encontró una casa donde la hierba de la entrada principal estaba crecida. Le preguntó al dueño si deseaba un aseo en el jardín, pero obtuvo una negativa. Sin inmutarse continuó su camino.

En una de tantas casas, un señor le dijo que cortara las ramas de un árbol que había crecido hasta alcanzar las líneas telefónicas. Machete en mano, Hugo inició la tarea. Nunca preguntaba cuánto dinero iba a recibir, no estaba en condiciones para pedir gustos. Se conformaba con lo que le daban.

Terminado el trabajo esperó su paga. Mientras esperaba observó el cielo, y se dio cuenta que la mañana avanzaba a pasos agigantados. Pensó que si quería comer, tenía que hacer por lo menos un trabajo más. Esto pensaba, cuando el dueño de la casa apareció con un par de billetes. Dio las gracias y salió deprisa al lugar más cercano donde vendían droga. Por su ubicación dedujo que le quedaba más cerca San Miguelito, La Tutunichapa estaba demasiado lejos. Decidió por lo primero y caminó en esa dirección.

Casi eran las doce cuando entró a San Miguelito; con penetrante mirada buscó la presencia de policías; la zona estaba despejada. En la bolsa de su pantalón llevaba la cantidad exacta para dos piedras. Para el almuerzo nada quedaba. Sin titubear dejó lo de la comida para después. Un hombre con mirada de hielo le dio dos pedazos de cocaína solidificada envueltos en papel aluminio.

Inmediatamente buscó un lugar apartado para consumir su tesoro. En el camino de regreso encontró una champa abandonada; entro con cautela y se acurrucó. En ocasiones, otros drogadictos le pedían que compartiera la droga con ellos, pero él no compartía con nadie. Cuando dejó de pedir en las calles, decidió que iba a trabajar para comprar y consumir exclusivamente para él.

Metió una segunda piedra en la "pipa" y aplicó la llama del encendedor en un extremo; en el otro pegó sus labios. La llama del encendedor hizo que la "piedra" se convirtiera en humo. Hugo succionó y el humo llegó a los pulmones. Después, con la rapidez de un rayo pasó al cerebro. El efecto sólo duraba unos minutos, pero la sensación que le provocaba, lo llevaba una y otra vez a consumir la maldita sustancia.

Miró a su alrededor y un mundo extraño, deforme, se alojó en su cerebro. Un manto sin forma cayó sobre todas las cosas; los pensamientos se detuvieron; sensaciones y formas extrañas ocuparon su lugar. Todo lo que le rodeaba adquirió una nitidez absurda. Del espacio circundante llegaban los ruidos existentes, pero más allá de esos sonidos, existía un silencio que penetraba todas las cosas. Era algo tan extraño, que las personas llamadas normales jamás podrán experimentar ni en sus más exóticos sueños. Cuando todo se detiene, cuando el pensamiento cae en un hoyo delgado e infinito, para descansar en el más exagerado letargo, es un estado que únicamente pueden alcanzar unos pocos.

Pasado el efecto de la droga, la paranoia se incrustó en la mente de Hugo. Sentía que lo observaban, y con prisa abandonó el lugar. Un lugar que hasta a él le causaba temor. Ahí se pueden ver a niños, mujeres y hombres en la etapa más avanzada de la adicción. Seres que han olvidado su condición humana, y que son capaces de entregar su cuerpo y arriesgar su despreciada vida por una "piedra".

Nuevamente caminó sin rumbo. La tarde había avanzado cuando llegó a una colonia con casas que parecían de juguete. Allí encontró una casa que necesitaba aseo en el jardín. Tocó la puerta y esperó. En el interior escuchó voces de niños y a un hombre que hablaba con una mujer.

Después de tocar varias veces, y a punto de retirarse, salió un hombre joven a preguntarle qué quería. Hugo se ofreció para limpiar el jardín. El hombre lo miró de pies a cabeza y le dijo que sí. Entró a la casa y regresó con un machete. Mientras Hugo realizaba el trabajo, oía lo que pasaba dentro de la casa. El hombre seguía conversando con la mujer. Después, sólo escucho un murmullo; la mujer comenzó a gemir y el hombre pronunciaba palabras cariñosas. Hugo tuvo la intención de espiar por la ventana, pero se detuvo y continuó su trabajo.

De repente observó algo que hizo que el machete se le cayera de las manos. El rostro de un niño que se asomó a la puerta

Noctámbulo, cuentos de la noche

lo dejó sin aliento. Un golpe doloroso le oprimió el estómago. El niño era su hijo que había abandonado hacía mucho tiempo. Un segundo rostro apareció en la puerta. Era su otro hijo. Hugo bajó la mirada y unas lágrimas reprimidas aparecieron en sus ojos. No sabía si hablar, correr, llorar o morir.

El dueño de la casa se asomó a la puerta y le preguntó cuánto le debía. Hugo no pronunció palabra. El hombre entró a la casa y regresó con dinero. Atrás venía una mujer, y al ver a Hugo desapareció detrás de la puerta. Era la madre de los niños y su antigua compañera de vida.

Hugo tomó el dinero y se perdió en las calles. No pensó en nada. Sólo quería llegar cuanto antes a San Miguelito.

Después que mi amigo Hugo me contó esta historia, hace años... no lo he visto otra vez.

Noctámbulo, cuentos de la noche

El Hombre pez

Lo veo todos los días cuando regresó del trabajo. Siempre está parado en una esquina pidiendo limosna. Es un hombre de corta estatura, viste humildemente y tiene el cuerpo, del cabeza a los pies, cubierto de unas extrañas escamas color café. Solo sus pequeños ojos escapan de la terrible enfermedad. Con ellos mira como ningún otro mortal. Es una mirada perdida, como si buscara algo que está más allá de la realidad. A veces pienso que espera ver a la muerte caminando por las calles.

Ayer por la tarde, una fuerte lluvia me ofreció la oportunidad de hablar con él. Me paré a su lado para resguardarme de la incesante tormenta y le pregunté su nombre. Pero el extraño hombrecillo no pronunció palabra. Seguía inmóvil y con la mirada perdida. Metí la mano dentro de la bolsa de mi pantalón y busqué un par de monedas. Se las puse en la mano y guardé silencio.

Entonces, me miró a los ojos y dijo: "Mi nombre es Elías, pero todos me dicen el hombre pez: tengo 40 años y desde niño mi cuerpo ha estado cubierto de estas horribles marcas. Mis padres, bueno, mi madre, porque a mi padre nunca lo conocí, me llevó donde muchos doctores, pero nadie pudo quitarme estas detestables escamas. Con el correr del tiempo me di cuenta de que yo era muy diferente de los otros niños. Sentía vergüenza y le preguntaba a mi madre porqué me había hecho así. Ella me decía que era la voluntad de un Ser que está en los cielos. No sé porqué pero nunca le creí. Bueno, al principio sí le creía y por eso me quedaba todas las noches observando el firmamento. Tenía la esperanza de encontrar a ese Dios y preguntarle porque yo era diferente a los demás niños. Así pasé muchos días y meses pero nada ocurrió. Entonces le dije a mi mamá que era una mentirosa, porque yo no había visto a Dios aunque había tratado de encontrarlo. Aún lo sigo buscando, pero no tengo ni una pista de dónde está.

Cuando estuve en la escuela todos los niños se burlaban de mi cuerpo. Algunos me tenían asco y otros me ponían toda clase de apodos. Por esa razón abandoné la escuela y evité la presencia de los niños. Desde ese día pienso que toda la gente es mala y usted es igual a los demás. Sólo quiere curiosear y después ir a contarles a sus amigos que encontró un monstruo que habla.

A los doce años descubrí que también mi pene tenía escamas. Me molestaba mucho… sobre todo cuando se me paraba. Me daban ganas de tocármelo y frotarlo, pero me daba miedo lastimarme. Pero un día no aguante las ganas y lo hice. ¡Fue terrible! Me salió mucha sangre. Eso me quedó de escarmiento para no hacerlo otra vez. Pero las ganas aún continuaban. En las noches imaginaba mujeres desnudas y me preguntaba qué se sentía estar con una. La idea no paraba. Daba vueltas y vueltas en mi cabeza y ya no podía arrancarla de mi mente. Entonces decidí ahorrar todo el dinero que llegaba a mis manos para poder pagar una puta. Ahorré cada centavo, cada billete con la paciencia de una anciana durante un año.

Cuando tuve una buena cantidad de dinero fui en busca de una mujer. Ya había visto una muchacha blanquita y muy bonita allá por la avenida. Me gustaba mucho... creo que me había enamorado de ella sólo de vista. Y como yo ya estaba grande, casi un hombre, me dejaban salir solo. Con mucha alegría fui

Noctámbulo, cuentos de la noche

en busca de esa muchacha, más no sabía que ese sería el día más triste de mi vida. Lo recuerdo bien porque era el día de mi cumpleaños. Ella me dijo que no se podía acostar conmigo, no me dijo porque pero yo sé que fue por mi cuerpo. Ahí comprendí que nunca haría el sexo con una mujer. Y así fue. Desde ese momento ya no tuve valor para decirle a una chica si quería ser mi novia. Por suerte, con el tiempo el deseo de querer tener mujer se desvaneció poco a poco. Busqué otras cosas para entretenerme. Y como me gustaba dibujar, buscaba papeles para hacer algunos garabatos. Después comencé a pintar árboles y montañas. Me gusta mucho el color verde, el amarillo y el negro, una vez quise dibujar el mar, pero como nunca lo había visto lo busqué en un libro y ahí pude verlo. Mire esto:- saco una hoja de papel bastante arrugado y viejo. Era un dibujo del mar. Tenía un color negro intenso y al fondo el sol se ocultaba tímidamente. En medio había una pequeña barca con una vela blanca hinchada por el viento. Parada en un extremo de la embarcación estaba la muerte con la mirada perdida en el horizonte.

Este dibujo lo hice cuando murió mi madre. Seis años después de renunciar a las mujeres. Sólo me quedó una pequeña casa de lámina ahí por San Jacinto. Entonces busque trabajo pero en ninguna parte quisieron aceptarme. La gente creía que les iba a pasar la enfermedad. Por eso opté por pedir limosna en la calle. Es más fácil y la gente al ver mi horrible cuerpo se compadece y me da dinero. Es como un acuerdo. Yo no hablo ni me meto con ellos y a cambio recibo un poco de dinero, con ese dinero compro comida, ropa y pago la luz y el agua de mi casa. Además mis gastos son pocos. Sólo tengo una cama, una mesa y un pequeño radio. Me gusta oír música en la noche. También tengo unos libros que hablan de tierras lejanas y de mares grandísimos que quisiera conocer. Así se van los días y la vida. Ahora sólo espero que la muerte venga a traerme. Me voy alegrar mucho cuando la vea. Quizá en el otro mundo hay un hermoso mar verde y amarillo donde el sol no se oculte jamás.

Si la historia de mi vida es lo que deseaba oír… ahí la tiene. Y dígame: ¿cuál es su nombre?" No le contesté. La lluvia seguía cayendo pero continué mi camino. Una extraña amargura saturada de gris se alojó en mi alma. Sólo quería llegar a casa y dormir profundamente.

Noctámbulo, cuentos de la noche

Una tarde es suficiente

Federico Amon no pudo dormir en toda la noche. Cuando los primeros autobuses comenzaron a circular, se dio cuenta de que el insomnio había ganado la batalla.

Una débil claridad iluminaba la habitación. Observó los polines que sostenían el techo de la casa. Parecían bastante lejanos. Imaginó que eran caminitos negros que llevaban a lo desconocido. En eso estaba cuando el pensamiento que le había robado el sueño se incrustó nuevamente en su cerebro.

Era una idea absurda, tan absurda que resultaba difícil explicarla con palabras. Le comenzó tres meses atrás, cuando por falta de dinero tuvo que abandonar la universidad. Se sentía vacío. Por momentos creía que en el próximo instante iba a desaparecer. Sabía que era algo ilógico, pero estaba allí, en su cerebro, y no podía deshacerse de ese pensamiento. ¿Cómo podía huir de su propia mente?

Por instantes creía volverse loco. Era como saber que se va a morir dentro de cinco minutos, pero al llegar ese momento nada sucede. Por lo tanto, hay que esperar de nuevo, con más angustia y desesperación

Como no tenía dinero, un amigo le dijo que fuera al Hospital Psiquiátrico. Él le contestó que a ese lugar sólo iban los locos. Pero con los días recapacitó. Aceptó que algo no estaba bien en su mente. Decidió buscar ayuda.

En el hospital le dijeron que tenía depresión; que se tomara unas pastillas amarillas, antidepresivos. También le aseguraron que no estaba loco, que era su estado depresivo el causante de su absurdo pensamiento.

Al principio, los antidepresivos le provocaban somnolencia y le ponían la boca reseca. Después, con los días, se hizo resistente al tratamiento; entonces, volvió el insomnio. Se negó a tomar pastillas para dormir, pues lo hacían sentir peor. Había pasado un mes desde que visitó el hospital, y no sentía ninguna mejoría. Se consolaba con las palabras del doctor: que vería los resultados con el tiempo.

Vivía sólo con su madre. Una puerta que se cerró con fuerza, le hizo saber que su mamá se había ido al trabajo. Se bañó y se cambió de ropa. Encendió un cigarrillo. Le gustaba fumar en ayunas. Comió un poco y se tomó las pastillas. Después se paró en el umbral de la puerta que da a la calle y se entretuvo viendo a la gente pasar.

Noctámbulo, cuentos de la noche

La mayoría de personas se dirigían a sus trabajos.

De repente, sintió vértigo al pensar que la vida se limitaba a estudiar, trabajar, tener hijos, envejecer y morir. Las miradas de los peatones le parecieron sin vida. Sabía que la mayoría no disfrutaba su trabajo, ni su vida. Fingían vivir, pero todo era rutina. Se aburrió y decidió entrar a la casa.

En una mesa encontró el periódico. Recordó que era miércoles, que en los cines las entradas estaban a mitad de precio. Ya no leía las noticias. Le daba cólera ese jueguito fingido de los políticos; la complicidad de los medios de comunicación; la injusticia de siempre. "En fin, todo esto es el reflejo de nosotros mismos. Aprendemos el arte de la hipocresía", dijo casi murmurando.

Noctámbulo, cuentos de la noche

Le hubiera gustado hablar con alguien. Quería compañía. Tuvo la intención de hablarle por teléfono a algún amigo; pero no lo hizo. No tenía nada que decir. Prefirió pasar otro día más en la soledad. Queriendo escapar de sí mismo. Decidió ir al centro de la capital.

El bus lo dejó en el parque Hula-Hula. Le molestó la cantidad de personas que caminaban por las calles. Cuando pasó por la Iglesia Catedral observó a una señora pidiendo limosna que estaba sentada sobre la acera. A la par de la mujer, en una caja de cartón, una niña de meses se encontraba dormida.

Federico Amon le regaló un par de monedas. También le obsequió una sonrisa. La mujer sólo le dio las gracias. Le dieron ganas de llorar. Siempre había sido sensible, pero con la depresión lo era aún más. Pensó que no debía ponerse así. Le pareció inconcebible que fuéramos tanindiferentes al sufrimiento humano; peor aún, a esta altura de la historia.

Dobló a la izquierda con dirección al cine. Antes de entrar compró unos cigarrillos. Mentolados eran sus favoritos. Entró al cine y pagó la entrada. Pasaban un doble de terror; la sala casi estaba vacía. Se arrepintió de no haber invitado a alguien para que lo acompañara. Comenzó a sentirse desesperado y trató de tranquilizarse.

La segunda película que trataba de vampiros, le llamó la atención. Es más, no encontró mucha diferencia entre el sentir que expresaban los vampiros, con lo que él sentía. Le pareció extraño encontrar en una película, un símil con su existencia. Hubiera querido ser uno de ellos, pero estaba condenado a un suplicio mayor: la realidad que le rodeaba. Terminó la película y por un momento todo quedó en silencio y oscuridad. Sintió un poco de temor y encendió un cigarrillo. Después, el sonido trajo la próxima película. No quería moverse. El camino a casa le pareció aburrido. Cuando saliera de aquella sala volvería a lo mismo: al tedio.

La hora del almuerzo había pasado. Tenía hambre, pero no quiso comer. Decidió caminar hasta la casa. No tenía prisa, caminó despacio. También deseaba correr con fuerza, dejar atrás a su mente y despegarse de su cuerpo. La absurda idea que lo había perseguido desde hacía meses, atacaba con todas sus fuerzas. No había escapatoria. No podía huir. Solamente podía esperar; pero no quería esperar; quería ser como antes. Comenzó a sentir lejanos los recuerdos. Imaginó que lo sucedido antes de deprimirse, era como recordar otra vida; y que su nueva vida, de tres meses, estaba muy alejada de la anterior.

Noctámbulo, cuentos de la noche

Una suave brisa anunció que el sol pronto comenzaría a decaer en el horizonte. Después vendría la noche. Con ella el insomnio, la vigilia, la espera del nuevo día. Recordó las pastillas para dormir. Si quería dormir, tenía que tomárselas.

Ya le faltaba poco para llegar a casa. Se detuvo para descansar un momento. El sol casi tocaba la silueta del volcán. El cielo le pareció una gran pantalla donde vio pasar parte de su pasado. No se sabe si aquel atardecer estuvo esperándolo desde hacía tiempo, o si él había esperado con ansias ese momento de su vida.

Aunque fueron sólo unos minutos, para Federico Amon fue como completar los años que aún no había vivido. Comprendió que en un atardecer se puede vivir una vida, y que también toda la vida puede ser un ocaso. Su temor se había desvanecido.

Noctámbulo, cuentos de la noche

Siguió su camino. Se deshizo de los cigarrillos. Recordó las pastillas que llevaba en la bolsa de su pantalón. Las sacó y las tiró lejos. Lo que él tenía no se curaba con pastillas. Por primera vez en varios días, lo invadió el cansancio. Unos cuantos pasos y llegaba a casa.

Cuando entró a la casa no encendió las luces. Dejó las llaves sobre la mesa de la sala y se dirigió a su cuarto. Buscó las pastillas que le quedaban y las botó en el inodoro. Se quitó la ropa y se quedó meditando, mirando el techo de su cuarto. Lo mismo había hecho esa mañana.

Su madre llegó dos horas después. Al ver los focos apagados, pensó que nadie había en casa. Entró y observó las llaves sobre la mesa. Comenzó a llamar a su hijo. Creyó que estaba dormido. Cuando entró al cuarto de Federico Amon, sintió que algo colgado de los polines había rozado su hombro...

Noctámbulo, cuentos de la noche

Un grito de dolor rompió el silencio de aquella habitación.

Noctámbulo, cuentos de la noche

Índice

Noctámbulo, cuentos de la noche

Danilo Ramos

Noctámbulo, cuentos de la noche